FRANÇOIS FERRICELLI

MES POÉSIES

LILLE
MERCURE DE FLANDRE
1929

MES POÉSIES

FRANÇOIS FERRICELLI

MES POÉSIES

LILLE
MERCURE DE FLANDRE
Valentin BRESLE, éditeur
204, Rue Solférino, 204
1929

Achevé d'imprimer le 15 Novembre mil-neuf-cent-vingt-neuf, sur les presses du "Mercure de Flandre", V. Bresle, directeur.

Il a été tiré de cet ouvrage trois cent cinquante exemplaires, numérotés de 1 à 350.

Exemplaire N°

AU LECTEUR

Lecteur, si le cœur gaî tu tournes cette page,
Laisse-la retomber et ne va pas plus loin ;
Car mes écrits, vois-tu n'ont pas joyeux visage ;
Ami, laisse-les donc, et passe ton chemin.

Mais si, le cœur épris d'une sainte tristesse,
Tu cherches dans tes jours quelque sanglot perdu ;
Si ton cœur est frappé par la funeste ivresse
Du malheur infini que toi seul a connu.

Feuillete mes écrits, tu comprendras mes larmes,
Car la douleur, ami, s'enchaîne à la douleur ;
Et le temps dans ses pleurs, le temps dans ses alarmes,
Synthétise en espoirs ce qu'on a dans le cœur.

Mes vers sont inconnus, ma muse est jeune encore,
Qu'importe si mon nom doit rester ignoré.
Je te garde mon cœur, ô muse que j'adore.
Au moins, tu m'as donné la douceur de pleurer.

Mai 1928.

JE PENSE

Je n'ai que dix-huit ans et mes années me pèsent.
Dix-huit ans et déjà tous mes espoirs se taisent
Anéantis soudain par l'âpre vérité
Qui pétrit ma douleur, précoce, mais sublime,
Et qui me fait marcher égaré vers l'abîme
Qui découvre l'éternité.

Je rejette déjà sur cette terre infâme
Le fiel qu'elle a versé dans le fond de mon âme
Dans mon âme, aujourd'hui, muette et consternée
Je lève mes regards vers le ciel solitaire
Et je cherche là-haut l'effroyable mystère
Qui préside à ma destinée.

Est-ce bien toi, Seigneur dont la grandeur divine
Fait que sur tes autels notre douleur s'incline
Que notre cœur meurtri recherche un sort meilleur,
Est-ce toi qui d'amour a pétri la nature
Verses dans notre cœur le doute et la torture
Par la mort qui suit la douleur.

Est-ce toi qui mûris tant de douleurs hideuses
A tes rayons vêtus de splendeurs bienheureuses
Est-ce donc çà le fruit de tes félicités.
Dans tes champs inondés de clartés éternelles
Nous devons te remplir de délices nouvelles
Aux bruits de nos insanités.

Car tu souris sans doute à nos cris, à nos larmes,
Aux tristes passions qui agitent nos âmes
A notre faible amour qui vit sans lendemains.
Ta funèbre gaîté vibre dans ta lumière
Ah ! tu devrais cacher par un profond mystère
Ta grandeur aux pauvres humains.

Car notre cœur n'a pas la suprême constance
De bénir du malheur l'inféconde semence,
D'aimer l'affreux destin qui marche dans tes pas
Tu devais t'enfermer dans tes sphères célestes
Si tu voulais qu'on donne à tes travaux funestes
L'amour que tu ne comprends pas.

Sais-tu que lorsqu'on va sur la tombe glacée
Pleurer un souvenir ou vivre une pensée,
Sur les cendres de ceux que ton destin ravit
Nos yeux peuvent pleurer et notre bouche amère
Peut mêler à leur nom des lambeaux de prière
Mais au fond le cœur te maudit.

L'homme peut-il encor t'adorer et te suivre
Après avoir compris ce que c'était que vivre
Dieu puissant ne crois pas que les humains courbés
Viennent sur tes autels adorer tes images,
Et chérir librement la beauté de tes mages
Pour les biens que tu fais tomber.

C'est la Peur qui conduit vers tes autels de pierre
C'est elle qui vers toi élève la prière
C'est le Deuil infini qui couvre ta grandeur
Qui pousse sur tes pas une foule rampante
Que l'éclat de la mort éblouit et tourmente
Et qui n'a rien au fond du cœur.

Ah ! Dieu n'entends-tu pas dans ta sphère éternelle
Ce long gémissement qui monte et qui t'appelle ?
Ce pitoyable cri qui part du cœur humain
Ne peut-il émouvoir ta majesté sereine
Et tourner tes regards vers cette morne plaine
Et réchauffer ta froide main.

De l'homme qui gémit dérobe la souffrance
Ah ! Dieu nous comprendrons ta sainte providence
Lorsque dans les clartés célestes d'un beau jour
S'envolera vers toi l'horreur de la prière
Tandis que pour toi seul sur la nouvelle terre
Fleurira un nouvel amour.

Mai 1928.

SOUVENIR

Souvenir du passé, lointain et jeune encore
Vous êtes le soleil qui m'éclaire aujourd'hui
Vous êtes le rayon qui dans l'ombre évapore
Mon rêve évanoui.

J'ai vécu dans l'oubli des choses de ce monde
Ignorant des douleurs dans le rêve d'un jour
Et croyant ici-bas à la beauté féconde
D'un éternel amour.

Mais le bonheur, hélas ! inconstant sur la terre,
Se pose dans les cœurs, léger, capricieux.
Comme sur le rosier une abeille légère
Puise un suc précieux.

Le bonheur disparaît, mais l'âme prisonnière
Garde un pouvoir divin qui ne peut pas mourir
Sur les jours, sur les ans entassant leur poussière
Brille le souvenir.

Qu'il soit triste ou serein, pénible ou adorable
L'homme le porte en lui dans le fond de son cœur
Et malgré le venin du destin implacable
Il garde une douceur.

Douceur que rien ne peut arracher de lui-même
Qui dort dans son bonheur, au jour de la folie
Mais qui dans le malheur donne la foi suprême
A l'âme qui supplie.

Je vois autour de moi se fâner la nature
Disparaître l'oiseau qui berça mes douleurs.
Je regarde mourir mes rêves, la verdure
Et le parfum des fleurs.

Je regarde la terre où dort tant d'espérances,
La moisson qui mûrit et l'herbe des tombeaux
Je sais ce que le temps me garde de souffrances
Et de plaisirs nouveaux.

Ai-je aimé, je ne sais, le temps passe trop vite
Pour garder dans le cœur un trait sûr et profond
Le fugitif bonheur que notre amour suscite
Au malheur se confond.

Dans la vie, emporté, loin des cieux et des larmes
Les sentiments passés s'éteignent lentement
A l'ombre des plaisirs, des passions, des charmes
Comme un rayon mourant,

Le souvenir s'efface au sein de l'onde amère
Que l'homme appelle encor bonheur, félicité ;
Et dans ce tourbillon le cœur devient de pierre
L'âme perd sa virginité.

Egaré dans la vie, sans le jalon suprême
Qui rattache ses jours à la suite des jours
L'homme fixe un regard d'aveugle sur lui-même
Sur son passé, sur ses amours.

Il meurt, hélas ! dans tout ce qui s'attache à l'être
Et pour lui le passé change avec l'avenir
Il marche vers la mort et sans plus se connaître
Cherche une terre pour mourir.

De la terre et l'oubli, l'oubli triste et funèbre
Que le temps ici-bas mêle à la lâcheté
Sombre amant du malheur, mot hideux que célèbre
Le néant effrayant devant l'éternité.

Faut-il donc oublier mon Dieu ce que l'on aime
Puisque nos jours passés ne sont qu'un souvenir.
Demain c'est le Destin, mais hier c'est toi-même
Que ton cœur veut ensevelir.

Ce sont tes pleurs, tes chants, tes espoirs, tes ivresses
Malheureux c'est ton cœur : ton amour, ton printemps
C'est ton premier baiser, tes premières caresses
Qui s'offrent en pâture au temps.

Meurs, si tu sens courir sur ta face livide
Le vent froid de la mort qui souffle sur nos pas
Meurs pour tromper un jour la destinée avide
Meurs plutôt mais n'oublie pas.

Mars 1928.

LE RÊVE

J'aime.
La vie
Sème,
Ravie,

Des fleurs d'amours.
Dans ses beaux jours.
Le jour qui passe
Tombe et s'éteint
La nuit embrasse
Le champ serein.
Vénus s'allume
Sur les coteaux.
Au loin dans la brume
Se noient les échos

Et dans sa sombre trame
Palpite et vibre l'âme
Qui des parfums du soir
Balance l'encensoir.

Bien haut scintillent les étoiles,
Dans le cadre noir de l'azur,
Et les rayons d'Astarté, pâles
S'estompent sur le monde obscur

Je fais des rêves d'or dans la splendeur immense
Qui tombe cette nuit sur mon étroit chemin
J'aime ; l'amour, l'espoir murmurent en cadence
Un chant qui vient du ciel dans un souffle divin.
Dans cette solitude où a grandi mon âme
A surgi l'horizon où mon amour a lui
J'aime ; mon cœur s'élève et brûle d'une flamme
Qui descendant de Dieu remonte jusqu'à lui

Mais une à une au firmament
Dans le cadre clair de l'azur
Les astres, la lune au cercle d'argent,
Ont noyé leur front tendre et pur
Et je cherche encor dans l'aube vermeille
Un songe d'amour, un espoir divin
Je regarde encor, je souffre et je veille
Et le ciel rougit des feux du matin.
Dans mon cœur une nuit profonde
A remplacé l'astre brillant
Mon rêve me trouble et m'inonde
Des ténèbres de son néant

Et je revois la vie
Lieu que j'ai quitté
Mais bientôt j'oublie
Ma céleste clarté.
Hélas le rêve
Avec la nuit
Tombe, s'achève.
Le jour luit.

Mars 1928.

LA POÉSIE

J'aime la poésie et ses lointains mirages.
Non pas celle, grands Dieux, de ces sortes de sages
Qui pour analyser les sentiments humains
Les méprisent d'abord, en brisant de leurs mains
Le cœur et ses raisons, les principes des âges,
Le lien mystérieux qui nous rive aux destins.

Non, mon cœur est plus libre et mon âme respire
Ce que la main écrit, lorsque le cœur soupire.
Le rêve solitaire ou le mal ignoré
Que notre cœur comprend pour l'avoir enduré.
Le vers qui vient du cœur ressemble à un sourire
Et pour le concevoir il faut avoir pleuré.

Que leur importe à ceux qui vivent leurs pensées
Si les rimes pour l'art sont parfois délaissées.
Les vers puisent leur prix dans la sincérité
Quoiqu'en puisse juger un censeur irrité
Le cœur a des raisons qui ne sont déformées
Qu'aux dépens de la forme et de la vérité.

Ami, j'aime les vers sans heurt et sans rature
La phrase cadencée ou vibre la nature
Et qui berce un instant mon rêve et mon chagrin,
Le cœur parlant au cœur dans un accord divin.

Je voudrais de Musset posséder la souffrance
Les passions, l'espoir, les rêves, le malheur
Si je pouvais nourrir un moment l'espérance
De posséder, un jour, les trésors de son cœur.

ESPOIR

Notre terre sourit, l'oiseau dans la verdure
Répond à des échos que l'homme n'entend pas
Dans les rayons du jour les fleurs de la nature
En odorants tapis s'étalent sous nos pas.
Le ruisselet qui court, et qui chante sous l'herbe
Aux bruits de la forêt mêle un bruit de cristal.
L'arbre, haut dans l'azur, élève un front superbe
Qui se dore le soir d'un reflet triomphal.
La nature sourit et dans les cieux immenses
Eclate la grandeur d'un ouvrage éternel,
Le soleil de nos jours qui mûrit les semences
A l'idolâtre donne un doute solennel.
Homme tu crains la mort, ouvre les yeux, regarde
C'est l'ouvrage d'un Dieu qui vibre autour de toi
De tes vaines passions dépouille-toi, ne garde
Que ta faible raison si tu n'as pas la foi.
Vois, la terre sourit, le soleil qui t'éclaire
Du fond de l'infini t'apporte du bonheur
Le soleil qui de Dieu connaît le grand mystère
Fait sous l'herbe des morts pousser plus d'une fleur
Peux-tu croire au néant quand tu vois ces ouvrages
Qui roulent des grandeurs que tu ne comprends pas ?
De ton âme d'enfant n'ouvres-tu pas les pages
C'est en elle que vit ton destin, ici-bas.
Sainte religion qui découle des choses
Tu mets dans notre cœur l'espoir de l'avenir
Tu nous élèves vers les plus sublimes causes
Où règnent des clartés qui ne peuvent mourir.

A MUSSET

Tu l'as vu le destin sous son jour véritable
Tu en compris sitôt le côté misérable
Lorsque les noirs chagrins éteignirent le jour
Dans ton cœur où les Dieux avaient mis trop d'amour
Et tu vécus alors les folies de ce monde ;
Croyant fermer ainsi ta blessure profonde,
A longs traits, tu vidas cette coupe dorée
Mais tu cherchas en vain pour ton âme ulcérée
Ce baume de l'oubli qui nous fait vivre une heure.
Où la mort a passé l'épouvante demeure,
De même dans ton âme ouverte à notre ciel
A toutes ses beautés la vie mêla son fiel.
Bénis pourtant, bénis les maux de cette terre
Une grande douleur rend le cœur plus sincère
Plus grand fut ton malheur, plus beaux furent tes chants
Ce sont tes pleurs, hélas, qui firent ces accents
Que comprennent les cœurs saturés de tristesse.
Mélange de dégout, d'espérance et d'ivresse
On découvre ton cœur dans tes divins sanglots.
Sur le chemin montant qui conduit aux tombeaux.
La douleur fut l'auberge où ton cœur vint s'étendre
Pour y puiser l'espoir, ou du moins pour reprendre
Le fardeau du destin avec plus de vigueur
Car tu rendais, hélas, féconde ta douleur.
Poète ; le cœur plein d'une amertume immense
Spectateur corrompu par l'humaine démence
Tu passas ; chaque jour l'âme un peu plus meurtrie
Chaque jour tu laissas un lambeau de ta vie

Aux ronces du sentier que le ciel te fit suivre.
Ah ! si un grand amour ici-bas, fait survivre
Ton âme erre à jamais dans les temples sacrés
Où l'amour est le Dieu des amants adorés.
Ton âme erre à jamais dans l'ombre fugitive
Des rêves, du bonheur, de l'espérance vive
Qui nous fait voir le jour sous une autre couleur
Ton âme erre à jamais au fond de la douleur.

Janvier 1928.

LA MORT

La mort sur cette terre est juste, inexorable.
Que tu sois grand, petit, puissant ou misérable
Quand ton heure a sonné au clocher du destin
Tu quittes cette terre et le tombeau t'étreint
Et si comme sépulcre, comme dernier royaume
L'argent l'élève ô riche un palais et un dôme
Sois sûr que le paria qu'on a trouvé glacé
Plus qu'un vil animal malheureux délaissé
Et que l'on jette ainsi dans la fosse commune
S'il n'a pas ton tombeau, s'il n'eût pas ta fortune
Est ton égal là-haut au tribunal des Dieux.
Eh oui riche, la mort, spectre pâle, hideux.
Tombe sur les humains sans regarder la place
Instrument du destin elle frappe et s'efface
Ne laissant dans le cœur timide et éperdu
Que le vertige affreux de ce qu'il a perdu
Et laissant dans ses pleurs l'humain épouvanté
La mort marche toujours devant l'éternité.

Juillet 1925.

ENFANTS

Enfants aimez la vie que Dieu vous a donnée
Respectez-la, car c'est une seconde mère
Vous êtes au matin faites votre journée
Pour le juste et le bon généreuse est la terre
C'est le printemps pour vous et ses trésors sacrés
C'est la fleur sous vos pas, le soleil sur vos têtes
C'est le bien infini que le ciel a créé
C'est l'avenir joyeux sous des couleurs de fête.
Apprenez la bonté, l'amour et le devoir ;
Elevez votre cœur au-dessus des bassesses
Travaillez sans répit, travaillez jusqu'au soir
Pour mériter un nom plus grand que des noblesses.
Le ciel, vous le saurez, garde une forte loi
Que rien ne peut changer, que rien ne diminue ;
Pour mériter la vie élevez votre foi
Le bien vous donnera une face inconnue
Libres de préjugés entrez dans la carrière
Rejetez loin de vous l'ambition, l'orgueil
L'ambition oppose au bonheur sa barrière ;
Le grand et le petit ont chacun un cercueil.
Un beau jour vous aurez, oui vous devez l'apprendre
Un champ à cultiver, des parents à nourrir
Citoyens d'un pays vous devrez le défendre
Combattre s'il le faut et au besoin mourir.
Travaillez, aujourd'hui vous semez l'espérance
Pour vous dans l'avenir fleurira le bonheur.
Vous passerez heureux, bien loin de la souffrance
Le calme dans l'esprit et l'amour dans le cœur.

LE POÈTE ET LA SOLITUDE

La Solitude

La nuit descend des cieux, son impalpable voile
Jette sur chaque objet de la mélancolie
Ami sur ce chemin, assieds-toi triste et pâle
Devant le saint tableau de la terre endormie
Viens rêver au bonheur, aux choses de ce monde
Dans les lieux désertés de l'humaine folie
Viens, tu pourras pleurer, ta douleur est féconde.

Que t'en vas-tu chercher dans ce monde incertain
Espères-tu trouver une illusion nouvelle
Es-tu donc si fidèle au simulacre humain
Pour soustraire ton âme à la beauté réelle
Au spectacle serein d'un monde sans milieu
Faut-il donc qu'une flamme inconstante, infidèle
En te prenant le cœur te fasse oublier Dieu.

Le Poète

Il est vrai qu'il n'est pas deux sentiers sur la terre
Qui s'offrent dès l'aurore à nos pas hésitants.
Entre l'affreux réel et l'oubli salutaire
L'homme cherche sa voie et roule avec le temps.
L'idolâtre nous dit nous vivons sans contrainte
Nous goûtons le printemps dans ses rayons d'amour
Nous respirons la vie en méprisant la crainte
Nous jugeons le destin dans le bonheur d'un jour

Mais si le cœur épris d'un mystère sublime
Tu demandes pourquoi Dieu t'a mis ici-bas.
Si de la vérité gravissant l'âpre cime
Tu cherches du destin ce que tu ne sais pas
Tu souffriras, alors, mais loin des lois humaines
Ta douleur gardera la plus sainte grandeur
Et ton cœur inondé par des clartés sereines
Portera loin d'ici le fruit de sa douleur
Solitude, ta voix, ton mystère m'attirent
Mais je n'ai pas vingt ans et mes yeux ont pleuré
Crois-tu que ta beauté consolera ma lyre
En portant dans mon cœur un amour ignoré.

La Solitude

Si le bonheur humain éblouit ta paupière
Enfant c'est loin de moi qu'il faut chercher les cieux
Si tu vis pour l'amour, méprise la prière
Le bonheur des humains ne dort pas en ces lieux.
Tu souffres du destin et tu crains mon histoire
Tu crains la vérité qui brille dans mes pas
Fuis loin de moi, ton cœur n'est pas fait pour ma gloire
Fuis, l'homme vit heureux quand il ne comprend pas.
Va mêler tes clameurs, aux clameurs de la foule
Puisqu'un dégoût affreux n'a pas touché ton cœur
Va ; dans le fleuve humain qui rapide s'écoule
On ne voit pas briller ma céleste douleur.

Le Poète

S'il ne faut t'apporter comme triste héritage
Qu'un cœur plein du dégoût du concert des humains
Solitude, aujourd'hui, trahissant mon jeune âge,
J'irai sur tes autels accomplir tes desseins.

Oui, j'irai m'enfouir dans ta grandeur immense
Et dans tes bras glacés s'éteindra ma douleur
Je vivrai ton amour dans une autre innocence
Qui portera vers Dieu sa féconde douceur
Ah ! le dégoût humain sais-tu que dans mon âme
Comme le coin de fer dans l'arbre mutilé
Il a gravé son nom en des lettres de flamme
Sais-tu que son venin dans mon cœur a coulé.
Et ne crains rien, mon cœur a fait l'apprentissage
De toutes les douleurs que Dieu mit ici-bas
L'expérience, va, ne vient pas avec l'âge
Mais avec le malheur qui naît de nos combats
Oui, je veux adorer ta grandeur immortelle
Même si dédaignant ta triste et pâle nuit
Je recherchais plus loin une clarté nouvelle
Je t'aimerai toujours puisque l'homme te fuit
J'abandonne ma vie à ta sainte lumière
Qui l'ensevelira dans son divin rayon.
Je veux avant que tu flottes sur ma poussière
Avant que vibre en toi ma souffrance dernière
M'enivrer des clartés qui brillent sur ton front.

Juin 1928.

AU BORD DE LA MER

Sur un roc désolé secoué par la vague
Debout, les yeux fixés sur quelqu'horizon vague
J'écoutais les accents de l'océan berceur
Où se mêlait parfois la chanson d'un pêcheur
Et je songeais ; au loin dans un cercle de brume
Des voiles surgissaient plus blanches que l'écume
Qui, toujours, jaillissait sur le sombre rocher
Où mon rêve un moment s'était venu cacher.
Je regardais la mer, et je sentais mon âme
Plus froide que le roc tourmenté par la lame.
Ah que j'aurais voulu finir là mon tourment
En arrêtant ma course à ce tombeau mouvant ;
Mais une main de fer, une force incroyable
Me tenait suspendu sur le gouffre insondable.
Et levant mes regards vers l'infini serein.
Là-haut nous croyons voir marqué notre destin.
Je suppliais de Dieu la grandeur éternelle
La sublime clarté souriante et fidèle
Alors, du fond des cieux, où l'étoile s'endort,
Une voix me cria : « Il faut gagner la mort ».

Juin 1928.

L'OISEAU

Messager du printemps dont le divin murmure
S'élève dans l'azur comme un rayon joyeux
Toi qui berces l'amour de la grande nature
Toi qui vers l'infini nous fais lever les yeux.

Tu vis libre et heureux, dans ta course incertaine
Tu mêles ton bonheur à la clarté du ciel
Sur notre monde affreux tu te poses, à peine
Pour cueillir de la fleur le parfum et le miel

Pour cueillir le grain mûr dans le sillon d'automne
Pour t'enivrer joyeux des larmes du matin.
Tu fuis, et la clameur humaine, monotone,
N'atteint pas les splendeurs de ton séjour serein.

On te voit parcourir l'azur bleu des étoiles
Tant que le ciel jaloux te garde ses trésors
Tant que le jour heureux balance dans ses voiles
Les parfums énivrants dans lesquels tu t'endors.

Ange de notre ciel, chanteur libre et fidèle
L'homme cherche toujours ton royaume éthéré
Il voudrait ton destin, son cœur voudrait ton aile
Pour fuir bien loin d'ici tout ce qu'il a pleuré.

Le ruisseau qui serpente à travers la prairie
Reflète de l'azur le calme bienheureux,
Notre regard charmé suit sa course ravie,
Son cours semble ignorer le flot noir, furieux.

Ruisseau capricieux, malgré tes doux murmures
Tu poursuis ton destin solitaire et trompeur.
Oiseau qui disparaît au sein des nuits obscures
Gardes-tu les trésors que chante ton bonheur.

Hélas, lorsque l'hiver a glacé toute chose
Quand la branche a perdu son feston enchanté
Tu fermes tes grands yeux, et meurs comme la rose
Qui ne veut de nos jours connaître que l'été.

Vois-tu combien la terre est pleine de tristesse
Oiseau. Mais l'homme vain, fuyant vers l'avenir,
Découvre une éternelle et heureuse jeunesse
A ce qu'il ne voit pas finir.

Juin 1928.

LA VIE

Tu nais et le soleil éblouit ta paupière
C'est l'aube du destin qui paraît à tes yeux
Tout est beau parmi nous et rien n'est éphémère
L'amour, la vérité sont un bienfait des Dieux.

Le soleil a déjà dépassé la montagne
Ses rayons sont plus chauds mais ne sont plus si beaux
Un nuage soudain a couvert la campagne
Tu regardes la terre et songes aux tombeaux.

L'astre a déjà fini les trois quarts de sa course
Le crépuscule arrive et jette une lueur
Pris par les souvenirs tu remontes la source
Du passé qui s'enfuit tu cherches le bonheur.

Le soleil s'est éteint là-bas à l'occident
La torche de tes jours déjà s'est consumée ;
Ton souvenir vivra parmi nous un moment
Puis se dissipera, comme au ciel la fumée.

Juin 1925.

LA NUIT

Majestueuse, la nuit dans l'espace sans bornes
Déroulait son manteau, là-haut dans les cieux mornes
Comme des clous d'argent dans un sombre velours
Les astres palpitaient de clartés éternelles
Et leurs rayons de feu semblables à des ailes
Portaient dans les cieux mes amours.

Homme as-tu contemplé cette sainte lumière
Sans te sentir saisi par un profond mystère
N'as-tu pas dans ton cœur senti frémir un Dieu
Quand détachant tes yeux de cette terre immonde
Dans chaque astre brillant tu découvris un monde
Par delà des mondes de feu.

Seul, devant l'infini, mes yeux sondaient l'espace
Ce cadre immense et noir où tout monte et s'efface
Nos rêves et nos chants, notre espoir le plus pur
Jusqu'à l'amour sacré qui vibre dans notre âme
En s'élevant vers Dieu comme une sainte flamme
Dans la pureté de l'azur.

Un souffle doux courait sur la nature éteinte
Comme un soupir d'espoir sur une lèvre sainte.
Alors, fermant les yeux sur le monde endormi,
Ebloui par l'éclat d'une lueur féconde,
Je cherchai le secret de mon âme profonde,
Qui grandissait dans l'infini.

LES HOMMES

Du haut de nos pensers, vois les cités serviles
Comme les rocs fatals de l'esclavage humain

(VIGNY : La maison du berge

Au sein de nos cités les hommes vils esclaves
Des lois, des passions supportant les entraves,
Aveugles, fuient toujours sur le même chemin.
Tout ce qui vibre en eux se confond et s'amasse,
Et comme dans la mer, se perdant dans la masse,
Ils ne voient pas les cieux du fond de leur destin.

Les murs pèsent sur eux. Mais ces âmes communes
N'ont pas pour horizons de sublimes fortunes.
Et dans un cercle étroit bordant leur froid désir
Ils marchent vers un but marqué par la misère
Oubliant que le sort leur garde un coin de terre
Sur le sentier affreux qui va vers l'avenir.

Ils vont, pleurant, criant, chantant, et dans la foule
Ils fixent leurs abris. Le fleuve humain s'écoule,
L'homme faible et craintif refait les mêmes pas.
Si le cœur est troublé par un souffle céleste
Il ne peut s'élever du rivage funeste,
Enlisé dans ses biens il souffre et ne voit pas.

Ah ! je voudrais savoir pourquoi dans ces ténèbres,
Où l'humanité dort dans des langes funèbres
Il convient d'allier ses cris et ses malheurs.
Le ciel fit le ruisseau caché sous la verdure,
L'oiseau dans les grands bois ; dans la froide nature
Il a jeté l'humain seul avec ses douleurs.

Et dans le champ stérile où sa bonté s'efface
A l'homme gémissant il a marqué sa place
En lui disant : C'est là que tu dois expier.
Pourquoi donc en troupeau réunir sa bassesse ;
La solitude porte en elle une déesse
Qui découvre le ciel à qui sait la prier.

Mai 1928.

NATURE

J'aime les bois touffus et les sentiers rustiques
Pleins de bruit, de clarté et de douce couleur
J'aime les vieux manoirs aux ruines antiques,
Gardant dans leurs attraits un charme qui fait peur.

Mon cœur cherche ces lieux déserts et immobiles
Qui reflètent l'amour et la force des Dieux,
Comme l'oiseau blessé va dans les champs fertiles
Puiser une autre vie à la coupe des cieux.

Là aucun bruit trompeur ne frappe votre oreille.
Là vous pouvez encor oublier la douleur ;
Car tout ce qui s'endort et tout ce qui s'éveille,
Epenchent des rayons d'espoir et de bonheur.

Voyageurs égarés sur la route traîtresse
Venez vous reposer à l'ombre de ces bois
Dans ce cadre serein la nature est déesse
Et son écho joyeux répond à votre voix.

Venez, loin des humains, Dieu répand sa clémence
Et dans le cœur meurtri descend un peu de ciel
Lorsque seul ignoré de la foule en démence
On mêle ses douleurs au murmure éternel.

Sur le bord du ruisseau qui doucement murmure
Sur le flanc verdoyant de quelque vieux coteau.
Amants désespérés de la sainte nature
Venez, ses chants, pour nous, sont plus doux qu'un sanglot.

Les humains et les jours passent, passent sans cesse
Le bonheur et l'amour n'ont pas de lendemain ;
Mais la nature en fleur, la Nature déesse,
Eternelle, sourit, au bord du gouffre humain.

Juillet 1928.

SONNET A BAUDELAIRE

Ah ! poète c'est toi, c'est ta muse farouche
C'est le luth irrité qui chanta tes douleurs,
Les larmes de tes yeux et les cris de ta bouche,
Remuant sans pitié le fumier de nos cœurs,

Qui, éclairant soudain d'une clarté moins louche
Le cachot du destin où veille le malheur
Trouva, dans le néant que l'humanité touche
La froide vérité, compagne de l'horreur.

Dans le fleuve de boue, où rampe la misère
Le dégoût te porta, et d'une voix amère
Tu chantas. Tu chantas sans peur et sans vergogne.

Ta muse n'avait pas la candeur du berceau
Elle avait vu la mort hideuse, le tombeau ;
Ce penser de Ronsard dont tu fis « La Charogne ».

Juillet 1928.

SONNET SUR L'AMOUR

L'amour, le bel amour qu'a chanté le poète
Ne vit pas dans le cœur des stupides mortels.
C'est un souffle divin, la grâce que souhaite
Le croyant à genoux devant les saints autels.

Ami, l'amour humain n'est qu'une triste fête
Une faible lueur du mystère éternel
Le mirage d'un jour où notre cœur s'arrête
Et qui n'a pas de nom dans le dégoût charnel.

Je hais l'amour que Dieu jeta sur cette terre
Car il est douloureux, car il est éphémère
Car l'homme a mis en lui la fraîcheur du printemps.

Et ce n'est pas le temps, qui, m'apportant ses peines
A jeté dans mon cœur ces tourments et ces haines ;
Moi qui maudis l'amour, ami, j'ai dix-huit ans.

Juillet 1928.

AMERTUME

Dieu qui verse à nos cœurs la joie et la torture
Dans ce cercle effrayant où nos pas sont comptés
Dieu qui mêle ici-bas, à l'âme humaine impure,
Des éclairs de bonheur, des rayons de beautés.

Je ne veux rien de Toi, suprême Créature
Rien pas même l'éclat de tes saintes clartés
Je ne veux rien devoir à la grande nature
Que ton destin salit par tant d'insanités.

Loin des douleurs, des cris, et du bonheur factice
Je plierai, muet, aux lois de ta Justice
Un cœur plein de dégout, de souffrance et de fiel

Je cacherai mes pleurs à ce monde risible
Et, plaçant loin d'ici ta grandeur invisible,
Plus haut que le croyant je chercherai le ciel.

Août 1928.

LA FOI

Je veux partir, ami, vois-tu la nuit commence,
La nature s'éteint dans un profond silence.
Mon cœur plein d'un chagrin, tumultueux et noir
Aime à se reposer dans le calme du soir,
Car le soir, pour le cœur qui gémit et soupire,
Comme l'aveu d'amour qui sur la lèvre expire,
N'est qu'un souffle divin ; souffle de l'avenir
Qui rappelle que tout, ici-bas, doit finir.

Le pâle vagabond, dans sa course incertaine
Avant de s'endormir sur le bord de la plaine
Se retourne un instant vers l'horizon brumeux
Qu'il franchit le matin confiant et heureux.
Il laisse un peu d'amour, quelques regrets peut-être,
Sur le triste sentier qu'il a voulu connaître.
Comme lui nous laissons, sur le chemin des jours,
Un peu de nos espoirs, un peu de nos amours.

Le soir quand le soleil descendant dans l'abîme
Sur le monde endormi jette un rayon ultime
Quand l'étoile apparaît sur le fond bleu du ciel
Quand la reine des nuits mêle son front vermeil
A la splendeur roulant dans l'infini mystère,
Il est doux, mon ami le repos de la terre
Car l'âme de la nuit a des échos divins ;
Frissons mystérieux, voix des mondes sereins
Dans l'ombre vous roulez, vous roulez dans mon âme
Car vous portez en vous une divine flamme.

Pour m'élever vers toi Dieu donne-moi des ailes
J'irai, j'irai porter aux voûtes éternelles
Sur les autels sacrés où brûlent tes grandeurs,
Où notre voix s'éteint où nos yeux pleins de pleurs
Cherchent dans des clartés d'amour, la loi divine ;
Le sublime rayon où l'âme te devine.
Laisse-moi fuir, mon Dieu, dans les champs de l'espace
Vois, dans ce monde affreux tout brille et tout s'efface
L'oiseau, témoin heureux de la splendeur du jour
La fleur et son parfum, le cœur et son amour.
Pourquoi donc s'attacher aux rêves éphémères
Qu'anéantit le temps, que troublent les misères ?
Pourquoi donc arracher à ce champ désolé
Ces biens que le destin frappe avant d'immoler.

Le souffle de la nuit emporte ma prière
Mais je me sens moins seul dans la nuit solitaire
Car dans le ciel profond, dans le ciel sans adieu
L'espoir étend son aile et monte jusqu'à Dieu.

Août 1928.

SUR LA MORT D'UNE JEUNE FILLE

I

Voyez-vous dans les champs, au souffle de l'automne,
Tomber et se ternir les trésors de l'été.
La nature de fleurs, joyeuse, se couronne ;
Mais sur l'aile du temps funèbre et monotone
S'envolent ses parfums, sa grâce et sa beauté.

II

Comme elle, tendre enfant tu souriais encore,
Au soleil, à la vie, à ton matin vermeil.
Tu souriais comme elle au souffle de l'aurore
Apportant la rosée à la déesse Flore ;
Comme elle tu portais en toi les dons du ciel.

III

Mais le Seigneur, jaloux des trésors de la terre,
Ravit à nos amours ces fécondes douceurs.
La nature, qui dort dans sa grâce éphémère,
Vit, comme tu vivais, confiante et légère ;
Le destin te ravit comme il ravit ses fleurs.

IV

Hélas ! qu'êtes-vous donc fleurs mystérieuses
Qu'un souffle de douleur fait tomber sans retour,
Qu'êtes-vous ici-bas, vous qui passez, heureuses ;
Tel l'oiseau s'enivrant de clartés radieuses,
Qui n'a pour son bonheur que les trésors d'un jour.

V

Un jour et puis la nuit, le mystère, et les larmes,
Et l'affreux souvenir qui s'attache au trépas.
Et la vie, et ses pleurs, et tous ses sombres charmes ;
L'oubli, le noir oubli vivant au fond des âmes ;
Insultant jusqu'aux fleurs qui tombent sous nos pas.

VI

Je te revois enfant, mais dans de sombres rêves.
Blanche tu m'apparais ; spectre au sourire amer
De ta couche glacée un instant tu te lèves,
Et je te vois passer, comme l'on voit des grèves,
La voile du pêcheur, errante, sur la mer.

VII

Mon Dieu, pourquoi pleurer sur la pierre insensible
Qui retient dans ses flancs quelques débris d'amour.
Anges, vous revivez là-haut dans l'invisible,
Et l'immense bonheur, aux humains impossible,
Vous le goûtez aux lieux du suprême séjour.

VIII

Je ne veux pas fleurir le marbre où tu reposes
Car il ne garde rien qui ne puisse mourir.
Mais au fond de mon cœur d'autres fleurs sont écloses
Ce sont des fleurs pour toi, c'est un bouquet de roses ;
Un bouquet que la mort même ne peut flétrir.

IX

Dans mon âme, vois-tu, ton image éternelle
Vivra dans un rayon d'espoir et de bonheur.
Par delà le tombeau mes yeux te voient : plus belle,
Et les ans passeront sur ma douleur fidèle
Sans que leur souffle noir ternisse sa fraîcheur.

X

Cher amour, içi-bas, je passerai rapide
Gardant dans mon malheur un souvenir heureux.
Voyageur poursuivi par le destin livide,
Je passerai, portant, loin de la foule avide,
Mes douleurs à la terre et mon amour aux cieux.

20-22 Août 1928.

SAPHO

Le flot ne roule plus au rocher de Leucade
La plainte des amants
Et le frisson d'amour qui dans la nuit s'évade
A fui ces bords charmants.

Pourtant ton souvenir hante encor ces rivages
Où tu laissas ton cœur .
Sapho le souvenir est dans la nuit des âges
L'amant de ta douleur.

NOTRE VIE

Lorsque seul, poursuivant la route de la vie
Tu n'as plus rien au cœur, plus rien que la souffrance
Tu deviens spectateur de l'humaine démence
Qui roule devant toi dans sa course infinie.

Tu juges et tu ris ; et tu pleures sur elle ;
Sur le Bien avorté, sur le Mal triomphant
Sur le cœur éperdu que plus rien ne défend
Sur l'amour d'ici-bas, hydre affreuse et cruelle.

Tu pleures, mais tes yeux bientôt se sècheront
Au poison de la vie, à la flamme du vice ;
A ton tour tu boiras à l'infâme calice,
Tu passeras, aveugle, où d'autres passeront.

Car la vie est, vois-tu, la courtisane hideuse
Qui séduira le cœur, même le plus serein.
Si ton esprit est fort, plus fort est le venin
Qui coulera toujours de sa lèvre menteuse.

Affreux dégoût, horreur effarante et stupide
Gouffre où nous ne puisons que le fiel et l'orgie ;
Baudelaire, c'est vrai, voilà ce qu'est la vie
Un spectre enveloppé d'un nuage livide.

BÊTISE HUMAINE

Vous allez, pauvres fous, d'un geste symbolique
Et pleurer et prier dans le champ léthargique,
Sur le tombeau glacé.
Vous entourez de fleurs, de couronnes funèbres,
Celui que vous croyez perdu dans les ténèbres
De l'avenir ou du passé.

Pourtant, le savez-vous, humanité stupide,
Ce que cache la mort et son linceul livide
Pour vous frapper ainsi le cœur.
Vous voyez le cercueil, la défroque charnelle ;
Vous pleurez sur le corps, non sur l'âme éternelle,
Car on sourit sur le bonheur.

Je souris à celui qui fuit loin de la terre,
Pour s'élancer, heureux, dans le divin mystère
Que nous dérobe le tombeau
A l'envers des humains, qui chantent la naissance
De l'être qui s'éveille aux jours de la souffrance,
Moi je pleure sur le berceau.

A. M. René VAN HAECKE,
hommage d'affectueuse sympathie.

SOIR

La nature s'endort dans un pieux silence ;
Le ciel semble bénir le labeur achevé,
Et l'étoile du fond de son azur immense
Penche sa tête pour rêver.

Regarde, pèlerin, tout là-bas, sur la plaine,
Le grand soleil qui meurt au bord de l'horizon
Donne aux cieux palpitants une couleur humaine
Dont la beauté n'a pas de nom.

Salue l'ombre des nuits ; c'est un divin dictame
Qui sort de l'infini comme un rayon nouveau,
Pour nous faire adorer, dans le fond de notre âme,
L'éternelle clarté, là-haut.

L'étoile dans l'azur est pâle et chancelante,
Le souffle de la nuit, d'une caresse ardente,
Vient effeuiller le cœur de la timide amante.

L'ombre de l'orient roule, mystérieuse,
Et se pose légère aux herbes des sentiers
Tandis qu'au bord des eaux la lune curieuse
Joue avec les grands peupliers

Et l'étoile a tissé des voiles de lumière
Dans le brillant espace où se pâme la nuit
Et la terre apaisée élève sa prière
A l'immensité qui reluit.

Salue la grande nuit où vagit le silence
La nuit qui porte au cœur des plaintes étouffées
Et dont le regard bleu dans l'azur se balance
Au seuil du royaume des fées.

Regarde, pèlerin, la Nature frémir...
L'air suave et léger, doucement, fait gémir
La fleur qui doit, hélas ! avant l'aube mourir.

A mon cher ami Gaston HAINAUT.

MIRAGE

Dans le désert lointain, sur les palmiers sauvages
Qui se bercent heureux, dans l'azur sans nuages,
La fraîcheur de la nuit croule du ciel profond.
L'arabe recueilli se courbe vers la terre
Le souffle de la nuit devient une prière,
Et sur tout le mystère a reposé son front.
L'étoile blanche doit dans l'infini nocturne ;
Comme un rêve léger que l'on ne peut saisir,
La lune à l'horizon se lève, taciturne ;
L'ombre palpite au ciel d'un suprême désir.
Homme, viens sur ces bords pleins d'une grandeur sainte,
Viens aborder un jour, ces rives délaissées ;
Viens prier l'infini qui dort dans cette enceinte,
Viens contempler longtemps aux fontaines glacées
Où s'en vont à pas lent s'abreuver les chameaux
L'étoile du berger dans le cristal des eaux.
Si ton cœur ne bat plus et si ton âme est lasse
Si tu veux t'enivrer de silence et d'espace
Cherche pour tes douleurs des cadres moins humains
Que les horizons verts des routes familières
Et fuyant les objets de tes amours premières,
Demande à l'absolu de nouveaux lendemains.
Marche dans le désert, apôtre sans croyance,
Le monde pour tes yeux n'a plus rien de nouveau ;
Voyageur éternel, à l'horizon immense,
Tu trouveras, guidé par la voix du silence,
Un paradis peut-être et peut-être un tombeau.

NOCTURNE

Phébé s'endort là-haut, au sommet d'un nuage ;
Le flot vient doucement caresser le rivage,
L'étoile est une fleur sur le sein de la nuit.
La chanson d'un pêcheur, monotone, s'élève ;
Mêlant sa nostalgie aux douceurs de mon rêve
Qui va se perdre aux bords de l'horizon enfuit.

A quoi songer, mon Dieu, dans ces heures pieuses
Si ce n'est au bonheur, aux amours bienheureuses
Qui reposent au fond des âmes recueillies.
Ainsi l'enfant, goûtant la fraîcheur de l'ombrage,
Contemple longuement, couché sur le feuillage
Les merveilleuses fleurs que sa main a cueillies.

Pour vivre, il faut rêver et toujours et sans cesse ;
Il faut aimer aussi, jusqu'à notre détresse,
L'amour est un rayon pour le cœur égaré.
Aimer, rêver, pleurer, voilà toute ma vie ;
Voilà pourquoi je vais, sur la terre endormie,
Vivre un peu du bonheur des humains ignoré.

Dans l'azur infini se balançait l'étoile
Dont le rayon mourait sur la vague d'opale ;
L'étoile que mon rêve éloignait d'une lieue.
Je regardais la mer, et le ciel et la terre ;
Mon rêve se berçait dans le divin mystère,
Et le chant du pêcheur montait dans la nuit bleue.

LE SERPENT

Objet d'horreur, dis-moi : est-ce ta forme hideuse
Qui fait peur aux humains passant auprès de toi ?
Est-ce pour ton regard, pour ta bouche baveuse
Qu'ils te frappent, remplis de dégoût et d'effroi ?

Pauvre maudit, tu vas ta route ténébreuse.
Pour l'homme et le serpent, le destin a des lois.
Tu t'en vas demander une retraite affreuse
Loin des Justes Humains, à la nuit de nos bois.

Pourtant, vous donc l'amour égale la justice,
Hommes, vous n'avez pas inventé de supplice
Où vos laideurs auraient pu trouver le pardon.

Le venin du serpent vous a glacé d'horreur
Ce venin, songez-vous — l'équité est un don —
Que s'il l'a dans les dents, vous l'avez dans le cœur ?

SECONDE IMPRESSION

Viens ; le jour, mon amie, a chassé les étoiles.
Des larmes de la nuit la fleur s'enivre encor
Et des brouillards légers, plus légers que des voiles,
Donnent à la forêt un nuageux décor.

Les sentiers sont remplis d'herbe et de fraises mûres ;
Chaque fleur à tes yeux offre un rubis vermeil ;
Viens reposer ton cœur aux bruits des saints murmures
Qui sortent des buissons tout remplis de soleil.

Vois les boutons laineux là-bas sur la colline,
Les oiseaux agitant les rameaux endormis ;
Vois l'azur éclatant, vois la terre divine ;
Jouis de ce bonheur que le ciel t'a permis.

Puis reviens sur tes pas ; de ces tableaux agrestes,
Conserve la beauté, rien ne peut la ternir,
Et portant dans ton cœur ces images célestes,
Ne reviens dans ces lieux que par le souvenir.

Tu revérais les bois, les vallons, la verdure,
Les bruits et les odeurs de ces lieux du passé
Mais ton cœur chercherait vainement la nature
Dans un monde inconnu, dans un monde glacé.

Car le souffle des jours arrache de la terre
L'herbe de nos sentiers, nos fleurs et nos amours,
Car tout naît ici-bas d'un sublime mystère
Pour mourir, pour renaître et pour mourir toujours.

Ah ! nature, pourquoi déformer ta parure ?
Pourquoi, mon Dieu, pourquoi, changer à tout instant ?
Où nos cœurs ont cherché la douce sépulture
La trace de nos pas serait un monument.

Nature, toi qui plais aux fous, à l'idolâtre,
Je te fuirai toujours comme on fuit le destin,
Jusqu'au jour où j'irai dans tes flancs de marâtre,
M'endormir d'un sommeil qui n'aura pas de fin.

Déesse, vis toujours plus froide et plus avide.
Pour les morts et pour moi, tu n'es pas une sœur,
Car nous avons compris dans ton arène vide
L'effroyable néant qui s'ouvre dans ton cœur.

RÉALITÉ

J'ai cherché dans l'amour une sainte espérance
Et mon âme a voulu tromper la vérité.
Hélas ! sur l'arbre humain de la concupiscence,
Je n'ai cueilli qu'un fruit amer et avorté.

Pardonne-moi, mon cœur, pardonne à ma souffrance,
Si seulement un jour j'ai cru l'humanité,
Pardonne ! Je doutais, j'ai pleuré ma démence :
Mes larmes t'ont lavé de son insanité.

Je veux aimer la Mort, la Hideur, la Misère ;
Je veux révérer tout ce qu'abhorre la terre,
Tout ce qu'elle a sali, tout ce qu'elle a tué.

Et dans le cirque humain courbant mon front livide,
Je veux fuir désormais, sans croyance et sans guide,
Cet imbécile amour qu'elle a prostitué.

DOULEUR

La douleur, spectre hideux, balance son suaire
Dans nos cœurs abattus, dans nos seins palpitants,
Et sombres, nous marchons entre l'affreux mystère
D'infinis radieux et de sombres néants.
Nous marchons et la mort sur la tête qui pense
Pose sa main tordue, effrayante et glacée,
Et du bruyant concert à l'énorme silence
Auprès de nous toujours, sinistre fiancée
Déversant ses poisons sur notre âme ternie,
Boit dans nos cœurs l'Amour, l'Espérance et la Vie.

TU SERAS

Tu seras dans la terre noire
Descendue un jour très prochain,
Et de ta splendeur illusoire,
Hélas, il ne restera rien.

Tes yeux, tes yeux bleus, pleins de rêve,
Seront blancs dans le noir affreux ;
Ton corps nourrira de sa sève
Les vers, tes compagnons hideux.

Tu seras un cadavre immonde,
Grouillant de parfum et d'horreur,
Et ton seul amant en ce monde
Sera l'ignoble fossoyeur.

Tu seras encore autre chose
Mais j'aurais peur de t'irriter
En te contant la vérité :
Beauté, tu seras une rose.

À mon ami Roger TRONCQUEL,
sympathiquement.

VERTIGE

Sur la mer irisée où se bercent mes rêves
Repose l'île aux bords de corail et d'azur.
Le flot vient doucement franger l'or de ses grèves
Et le palmier verdit sous un ciel toujours pur.

De l'immense horizon, dès que le jour s'achève,
L'oiseau blanc vient chercher un nid paisible et sûr,
Et, dans l'arbre puissant qui palpite de sève,
Soupire avec la brise au lendemain futur.

Le serpent qui se glisse à travers l'herbe drue
Mêle aux fleurs des prés verts où pousse la ciguë
L'éclat diamanté de ses écailles rousses.

Dieu ! j'aimerais partir vers ce bord enchanté,
Jouir de son printemps, jouir de son été,
Et du poison qui dort dans le velours des mousses.

A UN REVOLTÉ

Pourquoi vouloir lutter contre la destinée
Et accuser le sort insensible et fatal,
Si dans le tourbillon de la vie effrénée
Ton pauvre cœur humain se trouble et te fait mal ?

Frère, plonge les yeux dans ton âme damnée,
Comme on plonge les yeux dans un gouffre infernal :
Peut-être y verras-tu l'espérance enchaînée,
Car au fond de l'Horreur palpite l'Idéal.

Ami, ne pleure pas ! Lève des yeux d'apôtre.
Le repos éternel sera bientôt le nôtre ;
Nous le goûterons mieux pour l'avoir espéré.

Souviens-toi que la vie ignoble dans ses trames
Peut tant ensevelir, tout, excepté nos âmes,
Que haïr ici-bas, là-haut c'est adorer.

NAUFRAGE

La côte est noire, elle est sinistre et hérissée
Comme l'affreux dragon d'une histoire insensée.
L'horizon est de cuivre et la mer qui l'enclave
Roule jusqu'aux rochers sa fureur et sa bave.
Le vent traîne ce soir des plaintes inconnues,
Qui vont se perdre au loin, sur les flots, dans les nues.
L'Univers est rempli d'une secrète rage,
C'est la nuit ; une nuit livide de naufrage,

Où la mer vient crier sur la falaise en deuil,
Comme une veuve sombre au bord d'un froid cercueil.
Je suis seul dans la nuit sur la terre qui pleure,
Et malgré l'ouragan qui gronde, je demeure ;
Je veux voir, je veux voir, mon Dieu, car ce décor
Porte en lui je ne sais quelle image de mort
Qui roule en grandissant dans l'ombre, qui palpite
Au-dessus de la terre et de la mer maudite.

J'ai vu, près des rochers fracassés par la vague,
Quelque chose de noir, de mouvant, et de vague ;
Qui lourdement dansait à travers les brisants.
Puis le jour a paru ; sur les rochers gluants,
J'ai vu des mâts brisés, du fer et des étraves
Et des morts, et des morts, ridicules épaves
Se balançant au bord d'un gigantesque trou,
Et que la mer, vers moi, roulait avec dégoût.

CADAVRE

Oui, jusque sur la mort ta lâcheté s'expose,
Etre que le destin sinistre a condamné.
Oui, jusque sur la terre où le néant repose,
La Peur te fait plier tes genoux de damné.

Pourquoi, qu'espères-tu ? Sur cette tombe close
Où ne dort plus, hélas, qu'un souffle empoisonné,
Ridicule pantin, tu vas perdre, sans cause,
L'espoir, le faible espoir que le ciel t'a donné.

« Religion, dis-tu, respect à la mémoire ;
Dieu nous donna la mort pour aimer et pour croire. »
Malheureux, ton autel est bien près de pourrir.

Moi j'adore et je prie, éloigné de la terre,
Penché sur l'éternel ; à mon heure dernière
Jette mon corps aux chiens, si ça te fait plaisir.

BATAILLE

Dieu, j'aimerais mourir sur un champ de bataille,
Près d'un affût brisé, près d'un blessé mourant,
Berçant mon agonie au bruit de la mitraille,
Et m'abreuvant d'horreur, de lumière et de sang.

Ah ! ce moment sublime où la mort qui nous raille
Nous tire par les pieds vers un gouffre béant,
Ce moment où s'abat la sinistre muraille
Placée entre la vie et l'éternel néant.

Sur le champ, désolé par la Folie Humaine,
Mon cœur, harpe d'amour, d'amertume et de haine,
Vibrerait d'une douce et sauvage harmonie

Et dans la nuit tombant d'un ciel noir de mystère,
Seul, je m'endormirais avec la froide terre,
Dans un suprême accent de sainte poésie.

RELIGION

Aux abords de la triste église,
Quelquefois, dans l'ombre du soir,
Tu vas rôder, pauvre âme grise
Que troublent le doute et l'espoir.

Le couchant doucement s'irise
La Terre se poudre de noir ;
Mon âme triste s'est assise
A l'ombre du saint reposoir.

Dans le ciel parsemé d'étoiles,
Se balançant comme des voiles,
Un invisible séraphin.

Du haut de l'affreux sanctuaire
Jette l'horreur et le mystère
A tout ce qui mourra demain.

QUAND ON PLEURE

Sur mon froid tombeau, dans l'ombre mystique,
L'étoile viendra doucement pleurer,
Le souffle des nuits, comme un saint cantique,
Près de mon tombeau viendra murmurer.

Et je dormirai d'un sommeil sans rêve,
Sans plus rien aimer, sans plus rien haïr,
Sans que rien pour moi commence ou s'achève,
Sans que rien en moi naisse pour mourir.

Car j'aurai conquis ce trésor immense,
Plus grand que la mort et la vérité,
Le Néant : trésor de l'âme qui pense
Au repos profond de l'éternité.

Amis, quelquefois, sur ma sépulture
Venez réveiller le passé confus
Que loin des humains, près de la nature
Près du ruisseau clair et sous la ramure
Vous pleuriez celui qui ne pleure plus.

TABLE

www.ingramcontent.com/pod-product-compliance
Ingram Content Group UK Ltd.
Pitfield, Milton Keynes, MK11 3LW, UK
UKHW022136260726
13993UKWH00003B/1466